바람개비

도서출판
작가마을

바람개비

초판인쇄 | 2020년 5월 1일
초판발행 | 2020년 5월 10일

지 은 이 | 류선희
편집주간 | 배재경
펴 낸 이 | 배재도
펴 낸 곳 | 도서출판 작가마을
등 록 | 2002년 8월 29일제 2002-000012호
주 소 | 부산광역시 중구 대청로 141번길 15-1 대륙빌딩 301호
T. 051248-4145, 2598 F. 051248-0723 E. seepoet@hanmail.net

ISBN 979-11-5606-147-2 03810 정가 12,000원

※ 이 도서의 국립중앙도서관 출판예정도서목록CIP은 서지정보유통지원시스템 홈페이지 (http://seoji.nl.go.kr)와 국가자료공동목록시스템(http://www.nl.go.kr/kolisnet)에서 이용하실 수 있습니다. (CIP제어번호 : CIP2020017540)

※ 본 도서는 2020년 부산광역시, 부산문화재단 지역문화예술특성화지원 부산문화예술지원사업으로 지원을 받았습니다.

바람개비

류선희 시선집

시인의 말

시적 이미지를
예리하게 벼리고 조율하여 빚은,
깊은 울림이 있고 결이 고운 詩는
좋은 악기로 연주한 음악처럼
피폐해진 내 영혼과
마음의 상처까지 치유해주고
또한
논리적 思惟에 무딘 나를
바람이 없어도
가벼운 風磬으로 춤추게 하니
축복 같은 시, 그 시들을
어찌 품지 않으랴.

류선희

• 차례

2부

3부

4부

5부

6부

바람개비

류선희 시선집

제1부

강

품었던 그림자
안개로 흩어지고
소용돌이치던
크고 작은 꿈마저 흐르면
엉켜 있던 흔적만
파리하게 남는 가슴

깊숙이 박힌 기억들
물살 따라 파닥이다
언저리에 걸려 강폭을 줄이고
주름진 가슴엔
끝내 잊히지 않는 얼굴 하나
낮달로 잠긴다.

풀이 바람에게

바람이여
이제 더는 잔인하다고 말하지 않겠다
간혹 흘리던 미소도 기대하지 않겠다
무심코 쏘아 빗나간 화살
그것의 신음소리 또한
거적으로 덮어버리겠다
애초부터 증오는 내 몫이 아닌 것을
부서지고 부서지며
바위의 가슴 뚫는 폭포 앞에서
이렇게 부끄러울 줄이야
오– 바람이여
용서해다오
폭포로 떨어진 적
한 번도 없으면서
가슴 없는 그대
입술 떨며 겨냥했던 것을.

흔들리는 숲

오래된 숲도 흔들린다
봄날, 뜬금없이 숲을 흔드는 것은
봄바람이 아니다
빗방울이 두드리는
'스프링 소나타'도 아니고
이슥토록 쏟아지는 달빛도 아니다
물 위에 기름이듯 초롱초롱 겉돌거나
희뿌연 달무리로 맴돌거나
숲 갈피갈피 박혀
눈감지 못하는 추억들이다
걸핏하면 눈 부릅뜨고
가지마다 휘도록 흔들어도
아랑곳하지 않는 숲.
오히려
흔들리면 흔들린 만큼
초연한 붙박이로 뿌리내린다.

고목

잘 늙은 나무가 웃고 있다
이 없는 잇몸 다 드러내고
달처럼 웃고 있다
온몸으로 웃고 있지만
소나기든
작달비든
덮어놓고 끌어안아
폭삭 쭈그러진 몰골이다
그러나
눈뜬 새는 물론 청맹과니까지
오며 가며
눈부신 지혜를 건진다

거울 중
가장 투명한 거울 속에서.

아르페지오

譜表 속의 분산화음은
오르막 내리막이 공존하는
인생살이와 거의 비슷하다

수평으로 누운 건반이라도
빠르게 오르내리는 것은
숨 가쁘고 힘겨운 일이다

삶의 마디 속에서는
누구나 예외 없이
날개 달린 음표보다
느긋한 쉼표를 갈구하지만

그대 앞에 놓인 아르페지오는
어차피 건너야 할
此岸의 강이다.

섬

파도에 부딪혀
또, 부풀었던 물집이 터졌다
바람에 쓸리어
살갗 젖히고 실핏줄도 드러났다
그래도
허물어지는 내 곁에서
바닷새 몇 마리 나래 짓 하기에
쪽빛 하늘이 보인다
오–
어제 들었던 노래
오늘도 들을 수 있다니
쓸리고 깎이어
끝내는
여윌 대로 여윈 귀 하나만
둥둥 뜬다 해도
떠날 수 없는 바다여
내 사랑이여!

환희의 순간

숙명이듯 연이 닿아
아우러진 영혼

침묵의 숲에서
갈망의 늪에서

가장 사무치는 기도를 캐다가
가장 서정적인 시어를 줍다가
가장 그리운 추억을 건지다가

이윽고
가장 향기로운 바람으로
그대에게 날아가는.

풀꽃

너의 이름 이미 지워지고

너의 기억도 바람이 쓸어간 지 오래다

그러나

우리가 헤어졌던 봄날

다시 그 자리에 서면

노란 입술 다문 채

배시시 웃고 있는데

너 어찌 우리를 떠났다 하랴.

그리움의 창이 열려도

칭칭 감긴 나이테 비집고
어렵사리 그리움의 창을 열어도
논바닥은 가물어
틈새기마다 한숨 토하고
여전히 물안개 흐늘거리는 하늘엔
야윈 별들만 흐느낄 뿐
지난날 들었던
숲의 노래는 아득하다

서로 등 돌리고
사방 벽을 쌓았던 것이
스스로 판 무덤일 줄이야

그리움의 창을 열고도
삭은 창틀 앞에서
눈물 흩뿌리는 뻐꾸기들

차라리
그리움은
그리움으로 남겨둘 것을.

혼돈의 한가운데

풀의 목을 베는 폭풍 속에서도
모래톱을 쓸어버리는 폭우 속에서도
산은 정물이 되어
고통의 뜸을 들인다

혼돈의 한가운데서
자신의 본성
속속들이 들여다보던 산
드디어
서서히 익는다.

다림질

물을 뿜어
삶의 주름 다리고 또 다려도
뒤집어 보면
일그러진 표정으로 남아 있는
주름

향기를 뿜어
마음의 구김살 펴고 또 펴도
뒤집어 보면
보란 듯이 그대로 남아 있는
구김살

주름 펴는 일보다
더 힘겨운 것은
구김 없는 하루를 사는 일.

언어의 빛

허무의 늪에서는
등대의 눈이 되고

절망의 늪에서는
구원의 징검다리가 되고

집착의 늪에서는
예리한 칼이 되는.

동백

그대
자유로운 새 되어
어디론가 날아갔을 때
가슴 깊숙이 꽂힌
匕首 하나

목이 쉰 강
이제 더는
노래를 잇지 못하고
산은 이미 늙어
일어설 수 없어도

해마다
쪼그라든 가슴 헤집고
검붉게 돋아나
봄 다가도록 삭지 않는
피멍 하나.

파도, 그 사랑

하루도 거르지 않고
보드라운 손놀림으로
막힌 핏줄까지 뚫어주는

무미건조한 가락이지만
달빛 버무린 야상곡
목이 쉬도록 불러대는

돌연 삭풍이 들이닥치면
버팀목 되느라
살갗 다 벗겨지는.

샛별

어느 새벽녘
은은한 빛으로
내 가슴에 안긴 샛별.
너를 안으니
바위 뒤에 숨어 사는
풀 한 포기도 사랑스럽고
굳었던 핏줄이 녹아
뜨거운 강이 되니
오–
영원히 안고 싶은 샛별아
지금처럼 언제나
비길 수 없는 축복으로
내 안에 머물러 주렴.

꿈꾸는 새

꿈이 있는 새는
쉬이 날개 펴지 않네
속살 깊이 박혀
아무리 몸부림쳐도
도무지 솎아낼 수 없는 탐심,
투명한 참회로 죄다 녹이고
가슴 파고드는 숲의 속삭임이며
얼굴 고운 꽃들의 절절한 몸짓까지
매몰차게 외면하더니
구름 가르는 바람일 때
바람 보듬는 홀씨일 때
비로소 날개 펴
꿈을 향해 비상하네.

해초

바위가 되어도 좋겠다
아니 모래알이 되어도 괜찮겠다
속곳마저 찢기어
연방 가랑이 오므려도
파도가 들출 때마다
훤히 드러나는
부끄러움만 감출 수 있다면.

풀의 뼈

풀, 풀들이 휘청거린다
제 뜻으로 휘청거리는 풀은 없다
살천스런 바람에 무시로 시달리고
잔인한 안개가 툭하면 짓누르는데
어찌 휘청거리지 않으랴
시달리다 짓눌리다
끓고 있던 분노가 폭발하면
눈감고 있던 뼈들
일제히 일어나
흔드는 것마다 쓰러뜨려 눕힌다
줄곧 흔들거리고 휘청대도
풀의 뼈는
바람의 날개보다 더 옹골차고
안개의 비수보다 더 날카롭다

뼈가 없는 것들
어디서나
풀보다 먼저 쓰러진다.

갈대

갈대는 비오는 날에만 운다

고였던 설움
빗물처럼
목 놓고 죄 토한다

비오는 날에만 운다는 것을
수시로 몸 훑았던 바람도 모른다

삿자리로 누울 날
내일이라도
뼈 깎는 忍苦는 접어두고

바람이 켜는 가락에 맞춰
신명 내야 하는
또 하나의 갈대가 있다.

유년의 마당

6. 25동란이 앗아간 내 막내 외삼촌이 너무 아까워 어머니는 오랫동안 뻐꾸기처럼 우셨다 마루 끝에 앉아 훌쩍이며 쳐다본 마당, 달빛이 우리보다 먼저 피난 간 인천 화수동 집 마당에는 공깃돌 몇 개 어둠 베고 누웠고 허리 휘어진 빨랫줄 넘던 흙빛 바람은 내 뱃속을 훑는 꼬르륵 소리까지 쓸어갔다

아 –
시방도 들리는
뻐꾸기 우는 소리.

거미줄을 걷어내며

거미줄에는 거의 거미가 없네
사람 눈과 손닿지 않을 곳에 그물 놓아
먹이가 낚이면
곧바로 거미줄을 버리는 거미
버리는 것이 살길이라는 것을
어찌 알았는지
보이면 보이는 대로
잡히면 잡이는 대로
무턱대고 걸친 인연
그 질긴 연줄에 얽히고 얽혀
헉헉대는 인간들에게
가장 소중한 것이 무엇인지
無言으로 가르치는데
매번
거미줄만 걷어낼 뿐.
거미의 嘲笑는 듣지 못하니
참으로 한심한 일이네.

목련

거꾸로 매달린 鐘의
텅 빈 가슴으로
몸 씻은 하늘이 쏟아지네

이승의 허물
누에처럼 벗고 벗었을
빈종의 침묵이여!

雅歌보다 성스럽고 아름다워
종종거리던 바람도
걸음 멈추고
치맛자락 훌치네

비록 찰나지만
누군가의 꿈으로 매달린다는 것은
정녕, 황홀한 부활이네.

커튼

무겁게 드리운 허욕의 안개
모조리 걷어야 눈이 뜨이지

막무가내 비집고 들어
언 몸 녹여주는 빛살,
바라보지 않아도
그리운 향기 뿜는 꽃들,
방울방울 시나브로 떨어져
마른 가슴 적시는 달빛

깊숙이 숨긴 탐욕의 싹
깡그리 잘라버려야
처진 눈꺼풀 열려
비로소 보이지

햇살과 꽃 그리고 달빛은 물론
그토록 꿈꾸던
하늘이 투명한 길까지.

그림자도 꿈꾼다

그림자도 꿈이 있다

별안간 불쑥불쑥 솟아
좀처럼 고개 숙이지 않는 유채색 꿈
꾹꾹 눌러 앉힌 채
무채색 몸으로
평생 엎드리고 사는 것이
얼마나 곤혹스러운 일인지
날아다니는 것들이 어찌 알랴

하다 보면 체념도 습관이 된다

가난한 알몸이면 어떤가
뼈 하나 없는 바람이면 어떤가

훌훌 벗어버리고
훌훌 털어버리고

언제든
어디든
날아갈 수만 있다면.

빈 주전자

부질없는 노파심이지만
외로울 거라고 우려하지 마라
끓여야 할 건더기 없어
외려 홀가분하다
덤덤한 일상
바람의 발자국소리조차 없어도
전혀 외롭지 않다
침묵한다고 힐책하지도 마라
간혹
여기저기 묻어 있던 갈망의 편린들
채우라고
부디 채우라고
주둥이 간질이며 보채지만
가슴 끓었을 때
정작 더 외로워
끝내 뚜껑 열지 않을 거다.

바람개비

류선희 시선집

제2부

겨울나무

그대 오늘도
리스트의 '라 캄파넬라'를 치는가
온전한 鐘 되라
빈혈 일으키고 또 각혈하려는가
종일 두드리고 두드려도
참으로 가난하지 못하여
종의 겉만 어설피 닮은 것들
가장 아름다운 소리
귓등으로 흘리고
부끄러운 두 손
그림자에 감춘 채
펭귄처럼 뒤뚱거리며 달아나지 않는가
날 세운 겨울바람
머리카락 한 올 남기지 않는데
앙상한 그 손가락으로
그대 언제까지 치려는가
'라 캄파넬라'를.

날개 다루기

산다는 것은
하루하루
날개를 펴고 접는 일이다

날개 켜켜이 싹이 돋아
나부대는 꿈들을 솎아보았는가

비대한 탐욕으로 축 처진 날개
스스로 접어보았는가

덮어놓고 짊어진 貪으로
제대로 일어서지 못하는 날개
그보다 슬픈 것은 없다

행복의 척도와 날개의 무게는
반비례하느니

거침새 없는 하루를 위해
부끄럼 없는 하루를 위해

솟구치는 욕념의 筍

가벼운 날개로

가차없이 자를 일이다.

창

푸르게 멍든 몸뚱이
시시로 다독거리는 노을,
회한의 앙금이며
찌든 얼룩까지 지우는 하늘,
어느 것 하나 밀어내지 못해
가슴살 축 늘어지고
뼈마디마다 불거지니
어찌 볼썽사납지 않으랴

사계절 내내
끊임없이 꿈꾸지만
온몸이 가슴인 내게
白紙의 자유는
영원히 이루지 못할 꿈이다.

눈꽃

지척에서나 멀리서나
사랑의 묘약을 위해
그대 짐짓 돌아서지만
차마 등 돌리지 못하고
새벽녘마다 시퍼렇게 날 세워
겨울 되도록
딱지 앉지 못한 가슴패기
마구 후비는
그대의 하얀 미소.

이미 숭어리째 떠났어도
메아리처럼
파도처럼
영영 못 떠나는 사랑이여!

고요의 뜰

따뜻한 울림,
화려한 울림까지 다 퍼낸 가슴
눈먼 바람조차 치근대지 않는다

그리움은 묵을수록
등대를 삼키는 안개보다 끈덕진
또 다른 그리움을 낳느니
그리움이란 그리움
죄다 뜯어내야 파도가 없다

날카로운 울림,
편협한 울림까지 떠난
텅 빈 고요의 뜰

마침내
영적으로 깨어 있는 기도가 핀다
더없이 향기로운.

낮달, 가슴에 뜨다

해바라기처럼 누렇게 뜬 얼굴
풀린 두 눈으로
못다 삭힌 꿈의 찌꺼기까지
와르르 뱉어내는 그대

퉁퉁 부은 낮달로
흥건히 젖은 내 가슴에
다소곳이 둥지 틀더니

어느새
살가운 달빛으로 다가와
주름진 창을 두드리네

영원히 머무는 사랑 없고
영원히 떠나는 사랑도 없고.

덧줄

발톱이 날카로운 새들은
덧줄 위 높은 음까지
거침없이 날아다닌다

오선 안에서도
제대로 날지 못하는 미물들
순식간에 낚아 채여
갈기갈기 찢긴다

날카로운 발톱
환상적인 날개로도
스스로 그은 덧줄에 걸리면서

눈만 뜨면
제 그림자까지 움켜쥐고
가선 위에 또 가선을 긋는다.

마른 꽃을 위하여

용케도 참았구나
밤낮 너를 흔들던 숱한 것들
이젠
스스로 네 곁을 떠나는구나
우우우
저들끼리 어깨 부딪치며
황급히 바람이 되는구나
더는 피 흘리지 않아도 되리
그토록 잔인했던 푸른 날
다시는 오지 않을 것이고
애써 기다리지 않아도
오래지 않아
너의 흔들림은 끝나
오랜 너의 꿈
영원히 흔들리지 않을
꿈속에 누우리니
사랑이여
찬란한 그 꿈을 향해
축배의 잔을 들어도 좋으리.

낙엽이 나무에게

헤어지기 직전인
지금이
그대와 나의 삶에서
가장 아름다운 시간입니다

더는 목 타지 않을 것이고
굳이 태양을 등지지 않아도
잎자루 하나
빛바래지 않을 것이니

사랑을 떠나는
바로 지금이
그대와 나의 삶에서
가장 황홀한 순간입니다.

바흐의 프렐류드

바흐의 프렐류드 속엔
아름다운 새들이 있다
보라
크고 작은 별들이 총총 떠
언제나 반짝이는 눈동자와
미리 예감하여
늘 깨어 있는 저들의 손을,
한정된 소절 속에 더불어 살면서도
어느 한 곳에 매이지 않는 자유
영원한 자유를 위하여
중량을 달 수 없는 안개를 이고도
결코 추락하지 않을
푸른 날개를 빚어
눈물겨운 손놀림으로
그들 몸속에 깊이깊이 박는
참으로 아름다운 새들이 있다.

는개

흐느끼는 것이 아니다
더는 쏟아낼 눈물도 없다
북받치는 설움
잿빛 등 뒤로 숨긴 지 오래다
구름의 체온
그리고 그리다
속적삼까지 젖은 내 앞에서는
숲과 새들도 함묵한다
목을 비트는 고독
뼈 도려내는 외로움
바람이 쓸어갈 날
이제 그만 기다리고
영혼까지 젖어도
어서 강으로 눕고 싶다.

엎드린 낙엽

수평으로 누운 낙엽
잠시 날개 접은 새다
아니 가교로 놓인 무지개다
드러눕기 전에는
겨우 내 앞만 보는
수직의 삶이었어도
뭉크러진 살 군데군데
깊숙이 박힌 상처들
햇살 속 솔잎처럼 반짝거린다
일어설 오기
더는 없는데
그대 언제까지 짓밟으려는가
머지않아
무지개 넘어
높이 비상할 저 새들을.

꿈꾸는 의자

나의 오랜 바람은
가난한 사랑 하나
내 곁에 앉히는 것이다

내 몸 안에서
무시로 오르내리던 거미들
구석구석 핀 곰팡이에 질렸는지
어디론가 날아가 버려
빈 거미줄에
거미 대신 오랜 꿈을 넌다

오래 꿈꾸다 보면
꿈도 늙어 주름투성인 것을

머리카락 허연 낮달이면 어떠랴
가슴 다 해진 낙엽인들 어떠랴

가난한 알몸으로
내게 온전히 기댄다면.

匕首

스스로 추락하는 새는 없다

얼굴 없는 안개나 바람
부드러운 몸 어딘가
간사한 비수가 숨어 있다

느닷없이 찔려
졸지에 눈 잃은 새
층계 없는 나락으로 추락해도

엉뚱하고 엉큼한 것들
회심의 미소 흘리며
슬그머니 사라져버리니

가면 쓴 비수 앞에서는
어이없이 추락하기 전에
반드시
비켜가거나 돌아가야 한다.

섬이 되어

일단 꼬이면 좀체 풀 수 없는
애써 꼬려면 좀체 꼬이지 않는
인연의 끈
싹둑싹둑 베어버리고
약속의 바다에 침몰하여
섬이 되고 싶다

끝없는 줄다리기는
스스로 목 조르는 일

매일 번갈아 몸 푸는
노을과 구름이 아니라도
섬은 끼리끼리 외롭지 않고
비비지 않아도
서로 다른 이름으로
향기로운 꽃을 피우나니

자유로운 섬이 되어

음악의 혀처럼

감미롭게, 황홀하게

구석구석 핥아주는 파도에게

너덜거리는 영혼까지 맡기고 싶다.

그물을 짜며

매일매일 삶의 그물을 짠다
촘촘하거나 느슨하거나
짜임새는 거의 비슷하다
그물을 엮는 과정에서
새로운 무늬는 언제나 두려운 존재지만
버릇처럼
부딪치고 부딪치며 얼기설기 엮는다
지나친 참견은 외려 독이 되니
비록 엉성해도
서로 관여할 바 아니다
리허설이 배재된 인생에서
바람직한 것은
절묘하고 완전무결한 그물보다
보잘것없어도
성실히 엮은 그물로
삶의 흔적을 낚는 일이다
누구보다도
나에게 부끄럽지 않은.

거북한 동행

내 몸 구석구석에는
얼굴 다른 상흔, 상흔들이
밤낮 눈 뜨고 있어
소름끼치도록 징그럽다
깊이 박혔거나 아니거나
이미 박힌 상흔은
칼바람도 뽑아내지 못하고
몸 뜨거운 노을조차 삭이지 못한다
서슬 퍼런 상흔들
찰거머리처럼 들러붙어
누워 있어도 어지럽고
뼈마다 저리지만
그저 견딜밖에 도리가 없다
똬리 튼 상흔 업고
새가 되어 날아갈 때까지는.

허수아비

꼼짝없이 무지개 잃은 우리
어쩌다 너마저 그리워해야 하는지
예수 아닌 예수로
십자가에 매달려
본시 그늘이 없는
눈물 또한 없는 야박한 바람
부실한 네 아랫도리 마구 짓이겨도
사뭇 침묵하더니
그리운 이름 하나
무서리 내린 빈들에 꽂고
기어코
네가 쫓던 새가 되어 날아갔구나
시린 계절 오기 전에
네 곁에 서서
한 번쯤 흉내 내려 했는데
어느새
겨울 가는 소리.

기도의 탑

매일 기도로 탑을 쌓는다

아무리 높이 쌓아도
결코 무너지지 않는 탑,
오만으로 굳어진 뼈 자디잘게 부수어
쌓은 높이만큼 삶의 무게를 덜어주는 탑,
벚꽃처럼 하르르 별들을 쏟아내
눈먼 영혼의 길을 열어주는 탑

초석을 놓을 때부터
순간순간 풍요로운 위로를 건네받나니

기도로 탑 쌓는 일
번거롭고 성가시다고
어찌 게으름 피우랴.

세탁기

너를 보면
너의 몸 깊숙이
나를 넣고 싶다
껍질만 아닌 알맹이까지
송두리째 밀어 넣고 싶다
소금처럼 완전하게 하나 되어
펄펄 날뛰는 氣
한순간에 꺾고
자만으로 굳어진 살과 뼈 속에
박혔거나 박히려는 욕망의 가시
모조리 뽑아내고 싶다
또한
어설픈 고백성사로 산을 이룬 거품
말끔히 뜯어내고 싶다
그리하여
단 한 번만이라도
갓 태어난 아기로
눈부시게 널리고 싶다.

시인의 방

시인의 방엔 여러 개의 문이 있다
자물쇠를 채우지 않아
원하기만 하면 언제나
옥수수처럼
살갗과 수염 다 뜯어낸
그들의 알몸을 쉽사리 볼 수 있다
젖을 대로 젖은 꿈
질퍽하게 깔려
발바닥까지 다 부르텄지만
더 벗길 것 없는 그들의 몸
햇살보다 더 부시다
때때로
무료한 저물녘이면
실오라기 하나 걸치지 않은
그들의 몸을 훔친다
발아래 쏟아놓은
낯익은 오르가슴과 함께.

구름

길 안에서나
길 밖에서나
앞지를 줄 모르고
물처럼 비켜 갈 줄도 모르고
처진다고 경멸할 줄은 더더욱 모르고
문득문득 구멍마다 후비어
머리카락 죄 일으키는 바람마저
줄곧 쓰다듬으며
산을 감싸는 바다로
바다를 지키는 섬으로 살다
떠날 때는
흔적이란 흔적 다 지우며
바람의 영혼까지 업고 간다
사랑한다는 것은
저처럼
언제 어디서나 창을 열어
구름 되는 일이다.

널뛰기

수시로 망각의 덫에 걸려
思惟를 잃으면서도
하늘의 높이
얼마라도 줄일 수 있었던 것은
그리하여
찬란한 바다를 품을 수 있었던 것은
내 몸이 가벼워서가 아니었네
탐할 것이든 아니든
주렁주렁 달고 있는 내게
누구인가 날개 달아주려
맞은편에서
바위보다 무거운 내 죄업을 지고
지금까지 노상
널빤지를 굴리고 있었네
손바닥 발바닥이
다 부르트고 갈라지도록.

하현달

아직도 못다 비우고
어정쩡한 채 머뭇거린다고
가슴 없는 것들
눈 흘기며 비아냥대도
볼썽사납게 불거진 등
마지못해 짓는
창백한 미소까지 품어주는
산마루의 가슴

가슴을 데우는 것은
또 다른 가슴이다.

아름다운 이별

바다에 다다르면
망설임 없이
제 이름 벗는 강물이듯이

대지에 엎드리면
서슴없이
제 몸 버리는 빗방울이듯이

버거워도
무겁지 않게

괴로워도
슬프지 않게.

바람개비

류선희 시선집

제3부

들꽃의 노래

손은
또 다른 손을 그리워하네

작고 야위어도
맞잡은 손은
허공에서도 다리가 되네

손 하나를 위하여
우리는 그저
절여진 는개도 업어야 하네.

꿈길

꿈길에서는
이미 눈감은 창백한 낮달을 껴안느라
오래 전에 침몰한 푸른 사랑을 건지느라
소리 없는 건반을 거듭거듭 두드리느라
풍경보다 더 목마르다

출렁거리던 노을
어느 틈에
보일 듯 말 듯 가물거려도
겨울바람은
아랑곳없이 주절댄다

꿈꿀 수밖에 없는 꿈길에서도
꿈꾸지 않는 꿈길 밖에서도

더는 껴안지 말고
더는 건지지 말고
더는 두드리지도 말라고.

그리운 향기

오랜 세월에도 삭지 않는 슬픔
날카롭기 그지없는 칼이다
노을의 붉은 입술 혹은
달빛 깊이 스민 음계로
아무리 비비고 어루만져도
그 칼날은 도무지 무디어지지 않는다
오히려
느닷없이 햇살을 자르고
풀꽃의 마른 눈물까지 토막낸다
누구에게나 城은 간절한 바람인 것을,
그러나
황당하게 허물어진 성곽에서
슬픔의 칼에 베인 흔적
소리 없는 웃음으로 감추며
쓰러지지 않을 꿈의 탑
시나브로 쌓는 사람에게는
사람 냄새가 난다
참으로 사람다운.

뿌리내리기

지상에 이미 뿌리내린 것들
하나같이 비상을 꿈꾼다

이끄는 대로 흐르는 것 같아도
강 또한
황홀한 노을에 흔들리고
달빛에 휘청거릴 때마다
希願의 날개를 꿈꾼다

너덜거리는 상처
그 그림자까지 보듬는 순간
어느 몸짓보다 아름답고
어떤 사랑보다 눈물겨운데
그대 무엇을 더 꿈꾸는가

날개 없으면
결코 추락하지 않느니
누구도 아닌 그대를 위해
더 깊이깊이 뿌리내릴 일이다

저 늪 속의 연꽃처럼.

대나무

어떤 상황에서도
가장 마지막까지 살아남을 본능,
그것이 꿈틀거리면
갑자기 눈멀어
아래로, 아래로 미끌어진다
결국
하늘 한 쪽 얻지 못한 채
다시 제자리에 처박힌다
그때마다
어김없이 마디 하나 불거진다
얼마나 껄끄러운지
또 얼마나 징그러운지
오르다 미끄러지다
무수히 헛디뎠어도
아직까지 벼랑 위에 서 있는 것은
낮아지는 만큼 아파하며
내 몸 밖으로 불거진 마디,
뼈보다 단단한
마디들이 있기 때문이다.

흡사한 관계

파리와 사람은 흡사하다

약삭빠른 날개
부풀어 오른 시커먼 배때기며
굶주리다 못해 초점 잃은
어린이들의 얼굴에 들러붙는
몰염치까지

비슷한 관계는
서로에게 거울이 된다

가장 잘 보이는.

몰운대에서

숲의 속삭임을 듣는다

수시로 바람에 흔들리고
번번이 안개에 시달려도

저를 흔드는 것들을 위한
숲의 기도를 듣는다

몰운대 구름처럼
둥글어진 숲

스스로 둥글어지는 사람 없듯이
저절로 둥글어지는 숲도 없다.

풀은 젖어도

사시사철
벽속에 갇혀 사는 풀들
밤낮없이 섧게 흐느낀다

강이 마르지 않는 이유
강이 침묵하지 못하는 이유
아늑한 숲에서
주저앉은 적 없는 나무가 어찌 알랴

짊어진 십자가 무게
가늠할 수 없는 그 무게에 짓눌려
흐느끼다 통곡하다
끝내 목쉰 강으로 흘러도
젖은 풀들은 사뭇 꿈을 꾼다

별에 이르는 길
그대에게로 가는 길을.

시간에 빠지다

아무 예고 없이
어김없이
잔인하게 다가오는
내일과 죽음

형체 없는 절망에
스스로 묶이는 것은
자기를 포기하는 일이니

비록 잠깐 동안이라도
눈앞의 현실에 빠져
그대가 安住한다면
더할 나위 없는 행복이리.

신호등

색맹이나 청맹과니라도
자신에겐
언제 어디서 간에 또렷이 보이나
타인에게는 전혀 보이지 않는
신호등이 있다
바로 가고, 멈추고, 돌아가는 것이
차도의 그것과 조금도 다를 바 없는데
사람들은 예사로 위반하여
어느 누구도
그 무엇으로도
꿰맬 수 없는 만신창이가 된다
살면서
가장 무서운 것은
누구에게도 들킬 염려 없는,
살아 있는 한 꺼지지 않는
내 안의 신호등이다.

버거워도 끈끈한

오래 전, 축복처럼 푸른 나비가 내게 다가왔다 선뜻 좁은 등에 업혀 탐욕의 동공 쫙 넓히고 신나게 날아다녔다 누군가의 날개에 기댄다는 것은 얼마나 황홀한 일인지 여기저기 기웃거리며 향기가 있거나 없거나 보이면 보이는 대로 잡히면 잡히는 대로 꾸역꾸역 집어삼켜 비대해질 대로 비대해진 나를 오랫동안 질질 끌고 다니던 나비, 결국 휘어지다 못해 부러진 날개 접고 그동안 버거웠다는 말 한 마디 없이 홀연히 바람이 되었다 빛바랜 벽에 푸른 혼을 걸어둔 채.

휴지의 꿈

자랑스럽던 뿌리
삭풍에 패여
허연 속살 다 드러났다
골 깊이 각인된 추억
어느새
죄 쏟아져 내려
달빛 떠난 고샅보다 을씨년스럽다
하지만
구겨진 영혼에 맞는
옷 한 벌 꿰고 싶어
달빛 한 줄기 없는 鋪道 위에서
뒹굴고 또 뒹군다.

매화

작아도
좁지 않은 가슴

꽃샘바람에도 아랑곳없이
활짝 여는 것이
성불하는 것이라 이르는

여려도
얼지 않는 가슴.

숨 쉬는 흔적

침묵하거나 노래 부르거나
모든 별은 흔적이다
아무 예고 없이
천둥치고 소나기 쏟아져도
하늘 가슴에 박혀
쉽사리 뽑히거나 지워지지 않는
누군가의 뼈아픈 흔적이다
하늘이 그러하듯
우리 가슴 가슴에도
눈감지 못하는 숱한 흔적들이
숨을 쉬고 있다
아플수록 더 깊이 각인되어
좀처럼 떠나지 않고
제각기 다른 빛을 뿜어내는.

눈먼 새를 위한 푸가

머리카락 없는 섬도
날개는 있다
사랑을 위하여
하릴없이
나무처럼
뿌리내리고 있을 뿐이다

바람으로 흩어져
결코 섬이 되지 못하는 노래
아직도 부르는가

이빨 없는 섬도
그대 못지않은 날개가 있다
오직 사랑을 위하여
어쩔 수 없이
고향처럼
가부좌 틀고 있을 뿐이다.

분신

식어버린 진부한 언어로는
행간 속속들이 잇대어 기워도
전혀 향기가 없다

편견으로 굳어버린 관념은
끊임없이 달구어도
껍질조차 녹지 않는다

아무리 달구고
아무리 기워도

그대의 꽃으로 피지 못하고
그대의 그리움으로도 박히지 못하니

아- 어쩔거나

구멍 뚫린 낙엽으로
이리저리 나뒹굴다
결국 바람의 등에 업힐
저 분신들을.

석양

한사코 붙드는 손
차마 떨치지 못해
굽은 등을 내주네

바닷새의 길을 위해
바다를 가르는 달빛처럼

날개 접은 구름에게
너르고 따스한 그대 등은
구원의 길이 되네.

마중물

어렵사리 마중물을 붓는다
마중물을 붓는다는 것은
사랑한다는 무언의 몸짓이다
등꽃 흐드러지게 핀 유년의 우물에
마중물 부어
무지개를 길어 올리던 그때부터
아무 조건 없이
아무 이유 없이
오직 사랑을 위해
마중물이 된 적 얼마나 있었던가
무엇이 두려워 그리 망설였는지
무엇이 아까워 그리 주저했는지
“사랑한다”는 마중물 들이붓는 일
나중이 아닌 지금
바로 지금이 適期인데.

등대

청원기도
얼마나 삭히면
저리 황홀한 꽃으로 필까

화살기도
얼마나 쏘아 올리면
저리 찬란한 별로 뜰까

길 잃은 뭇 영혼을 위해
가리가리 찢어진 번민의 날개
끝끝내 접지 못하는 그대

멀리서도 보이는
꽃들의 애틋한 몸짓이여!

멀리서도 들리는
별들의 애절한 송가여!

겨울組曲 · 2

– 12월

어느새
어설픈 담도 없는 막다른 골목이다
죽어가는 바다의 신음소리
저만치 밀어내고
환상적인 아리아로
누구에게나 푸른 새벽을 안기던
새들도 날아가고
온갖 몸짓으로
우리를 황홀하게 하던 꽃들도 없다
이미 한풀이 끝내
급할 것 없는 바람조차
사랑하던 숲을 떠났다
전혀 예감 못하는 어리석은 것들만
메아리 없는 흔적
게걸스레 핥고 있을 뿐.

파도

파도는
바람이 바다에게 달아 준 날개다

비록 날아다닐 수는 없어도
절망이 쌓은
고통의 벽을 허물고
배신으로 쌓인
분노의 탑까지 무너뜨리는
축복 같은 날개다

마치
하느님이 인간에게 달아 준
십자가처럼.

도배

나는 자주 도배를 한다

곪은 분신 껴안고
눈꽃으로 스러지는 허망한 등 뒤에서도
크레인까지 녹이는
그대의 마지막 절규 앞에서도
뻐꾸기처럼
주제 없는 변주곡 뇌까리며
마르지 않은 羞恥를 벽속에 숨긴다

들어도 못 들은 체
보고도 못 본 체

잃을 것 없는 가여운 영혼마저
우정 외면하고
덕지덕지
바르고 또 바른다

부끄러움은 언제나
파도보다 싱싱하게 일어서는데

〉

오늘도 여전히

수치스런 삶의 표피에다

위선으로 도배한다.

황혼의 창가에서

여태껏
나를 흔든 것은 바람이 아니다
삭지 않는 욕망보다
바람의 칼날은 외려 무디다
툭하면 베이고 찢기어
성한 살 한 점 없는 꼴이라니,
날뛰는 상처들
자욱한 안개로도 가릴 수 없는데
지금도
나를 흔들어
상처를 내는 것은
선입견에 멍든 바람이 아니고
내 안에서
도무지 감지 못하는
욕망의 눈이다.

꽃처럼 노을처럼

가끔
포장되지 않은 투명한 詩를 만나면
내 영혼은 꽃으로 피고

간혹
껍질 다 벗은 수필을 조우하면
내 몸은 노을이 된다

사유의 늪에서
고뇌하고 고뇌하며
얼마나 허우적거리면

꽃처럼 향기롭게 살다
노을처럼 황홀하게 떠날까.

겨울연가

닿지 않는 진정은 없지

아무것도 걸치지 않은
아무것도 감추지 않은
순백의 눈

가만히 다가와
말없이 다가와
강 속의 그림자처럼
뼛속까지 스미는 사랑이여

칼바람이 쓱쓱 날 갈아도
흔들리거나 휘둘리지 않는 나목,
알몸인 나목은 알지

텅 빈 가지마다
애틋한 진정이 닿으면
순결한 눈꽃이
바리바리 핀다는 것을.

제4부

겨울나비

나비는 날개로 슬픔을 턴다
행간마다 엉기어 있는
슬픔의 찌꺼기까지 털어내느라
살 오를 겨를 없다
어쩌다 쉼표의 언덕에 앉아
오래 삭아도
바래지 않는 꿈
햇살에 섞으면서도
날갯짓은 멈추지 않는다
슬픔의 무게만큼 야위어
볼품없지만
익숙한 날갯짓으로
습관처럼 슬픔을 터는 그대보다
더 아름다운 것은 없다

아름다움의 싹은 슬픔이다.

마음의 문

제 눈에도 보이지 않는 문
타인은 아예 열지 못하고
바위보다 단단한 사랑조차 열 수 없다
닫힌 문의 틈바구니로
어쩌다 피상적인 것만 엿볼 뿐.
게다가
차안을 떠나면 어차피 잠겨
본인은 물론 그 누구도 열 수 없다
눈뜬 지혜밖에
무엇으로도
가늠하고 조정할 수 없는 마음
스스로 마음 문 열어
마음속에서 종종 꿈틀대는
눈감지 못한 그리움이며
눈감은 흔적까지
하나 빠짐없이
마음 밖으로 밀어낼 일이다
꿈꾸던 바람 되어
꿈꾸던 곳으로 날아가려면.

꽃의 염원

눈 뜨고 있거나 아니거나
꽃은 슬프다
모든 강이 그러하듯
꽃이란 꽃은
황홀한 빛 속에서
제 몸보다 훨씬 무거운
그림자를 업고 산다
힘겨워 시종 몸 떨면서도
그림자의 무게에 비례하여
슬픔 대신
사랑을 토하는 꽃의 눈빛은
아름다울 수밖에 없다
그대 그림자는 얼마나 무거운가
어느 꽃이나 꽃은 염원한다
그림자 털며 사는
새가 되기를.

목탁

안을 잘 비워야
바깥에서 소리가 잘 난다네
무늬만 목탁인 것은 목탁이 아니라네
목탁이 곧 사람이라네
사람마다 목소리 다르듯이
목탁 또한
생명의 소리가 다르다네
깨진 줄 모르고 두드리진 않는가
터진 줄 알고도 움켜쥐진 않는가
나무 속 파내듯
마음 비우지 못하니
이제라도
맑은 목탁소리 같은 사람
그런 사람 하나
곁에 두고 싶네.

환상의 늪

꿈의 판타지는
현란할수록 깊이 침몰하는 늪이다
말초신경까지 무디어진 화상들,
청맹과니를 예감하고도
점점 루키즘이나 가상세계로 빠져든다
이제 우리를 슬프게 하는 것은
'안톤 슈낙'이 열거한
슬픔의 언어들이 아니라
꿈의 환상에서 밤낮 허우적거리는
그대와 나의 눈빛이다
안개 삼킨 바다처럼
허옇게 풀어진.

낙타

나는 포기한다
낙타여
내가 그대의 꿈
극구 사양한 것은 겸손이 아니다
그대 등은 내게
그대 꿈만큼
황홀한 하늘을 안기고
그대의 걸음걸음이
눈감은 나의 창을
無知에서 탈피시키겠지만
낙타여, 낙타여
나는 거부할 수밖에 없다
마른 슬픔 켜켜이 묻은
그대 무덤을.

아름다움에 대하여

바다는
이래저래 자주 부서진다
自尊의 뼈까지 부수어
눈꽃을 피운다
뼈 없는 눈꽃들
봉두난발 흩날리다
마침내
흰나비로 피안에 들어서느니
참 아름다움은
온몸으로 부서져
꽃 피우는 것이다
파도처럼
폭포처럼.

수레바퀴

팍팍한 삶의 행간에서
우리 숨통을 죄는 것은 언제나
하찮고 진부한 것이다
모 없는 자갈돌
뼈 없는 풀잎이
우리의 목덜미를 더 옭아맨다
바퀴의 성능이 아무리 출중해도
이미 놓여진 덫
비켜가거나 걷어내지 못하고
깃털보다 가벼운 짐 하나
뜻대로 부릴 수 없다
어찌 두렵지 않을까
그러나
하릴없이
낯선 행간 속에서
구르고 구를 수밖에 없다
자유, 영원한 자유를 위하여.

몰입에 관한 명상

몰입과 울림은 비례한다
지베르니 연못에
영육의 눈
깊숙이 꽂아
지상에서 영원으로 이어지는
신비의 수련을 낳거나
아내의 주검까지 외면한 채
무의식적으로
순간의 빛을 좇아
몰아의 경지에 이르러
물의 표정을 그려낸
'클로드 모네'의 그림처럼
깊은 몰입은 그 울림이 크다.

절대적 가치

착각과 욕망으로부터
완벽하게 자유로운 그믐달.

야윈 가슴으로도
항시 웃으며
엎드린 것들의 이불이 된다

아무도 흉내 낼 수 없고
누구도 닮을 수 없는
사랑이여

유일한 사랑은
그 어떤 저울로도
값어치를 측정할 수 없다.

영혼의 밥

기도는 영혼의 밥이다
기도의 맛은
어떤 언어로도 그릴 수 없지만
그 참맛을 아는 이는
시시때때로
먹거나 먹이면서 영혼을 살찌운다
세상에서 가장 아름다운 것은
언제 어디서나
가여운 영혼들에게
습관처럼
기도를 먹이는 손이다
그대 손에
아직 온기 남아 있을 때
영혼의 밥
조금이라도 더 먹이고 먹을 일이다
마지막 꿈인 구원을 위하여.

꿈꾸는 나무

새가 되려면 그대처럼
땅바닥 깊이 정수리 묻고
지문 다 지워지도록 절규해야 하는 구나
가까스로 날개 펴다
처음으로 되돌아가 다시 주저앉아도
고통의 싹
푸르게 눈 뜰 때까지
더 낮은 묵언으로
손과 발 비틀며
절규하고 절규해야 하는 구나
비록 낮게 날아
그림자조차 볼 수 없어도
비상은 우리의 꿈 아닌가
그렇구나
새가 된다는 것은
절규하고 또 절규하여
몸속 깊은 곳의 체모 한 올까지
남기지 않는 일이구나.

연금술사

사람이 사람에게
무엇을 얻으려 하면
가슴 한가운데 먹구름이 돋는다

좀체 등 돌리지 않는
자연이나 예술의 늪에 침잠하거나
믿음 속에서
기도의 탑
견실하게 쌓을 때
비로소
욕망으로부터 자유롭다

사람이 사람에게
아무것도 바라지 않아야
가슴 밑바닥의 운무도 걷힌다.

인연의 다리

사람의 몸과 몸을 이은 다리
그처럼 허망한 것은 없다
가로지른 꿈
두꺼우면 두꺼울수록
어이없이 무너지거나
황당하게 등 돌려
절망의 구렁으로 빠뜨리지만
삶이란
짧거나 긴 다리 건너다
나락으로 떨어지는 일의 반복인 것을
비명 지르는 관절마다
거머리같이 들러붙는 분노의 파편들
얼마나 뜯어내야
영혼과 영혼을 잇는
눈부신 다리 위에 설까
더는 떨어지지 않을.

利己와 가면

가면을 쓰지 않은 이기는 없다

가면이 두꺼울수록
이기의 칼은 예리하다

너를 위해서라며 나는
그냥 두어도
겨울 문턱 밟기 전에
실오라기마저 뜯어내는
풀들의 목 비틀어
가차없이 베어 버리고

나를 위해서라며 너는
배반의 혀 굴려
눈감은 그림자까지 토막 내고는
돌아앉아 揶揄를 뿌리니

가면 쓴 이기는
뼈 없는 바람도 자른다.

반주를 하며

그대 숨소리조차 놓치지 않고
건반을 두드리면
활짝 날개 편 음표들이
우우우
빠르게 혹은 느리게
그대 품으로 날아드네

가선 너머 깊이 박혀
결코 날아갈 수 없는 상흔마저
오롯이 캐낼 때
비로소
그대와 하나 되네

완벽하게 일치하여
헛꿈이 부글거리는
그 어떤 잡음도 끼어들지 못하는
순수한 포옹이여!

길 밖에서 길을 보다

뚜렷하거나 희미하거나
삶의 흔적이 각인된 길은
온몸이 상처투성이다

살아남은 폼페이의 돌길
돌 사이사이에 박혀
가까스로 얼굴 내민 燈마다
얼굴 다른 자취
끊임없이 뿜어내듯

상처만큼 주름진 길들
삭을 대로 삭은 몸으로
사계절 내내 풀어내고 있다

좀처럼 잊을 수 없는 기억을
도무지 잊히지 않는 추억을.

다시 겨울에

해마다

겨울을 녹이는 것은

여러 겹의 실크가 아니네

열정 그득 담은 동백의 눈빛이나

비발디의 '여름'도 아니네

그대여

그대는 무엇으로 겨울을 녹이는가

햇빛 속에서도

얼어 터지는 살갗이나

길 잃은 실핏줄 일으켜

봄을 여는 것은

온도를 알 수 없는

사랑의 누더기 한 벌 뿐이네

내 눈 높이에

언제나 걸려 있는.

風磬

목마르지 않은 풍경은 없다

누른 만큼 키 크는
체념의 탑

전혀 목마른 적 없고
잠시도 기다려 본 적 없는
바람의 눈은
체념의 탑은 고사하고
바닥에 엎드린 풀조차 못 보니

어쩌랴
인내의 끝이 안 보여도
처마널에 매달린 채
눈먼 바람이라도 기다릴밖에.

겨울바다

지문 깊이 밴 추억까지
시간의 입 속으로 털어 넣는다
물정 모르는 파도
연신 바람의 칼장단에 맞춰
꿈 부스러기 흩날리며
사월의 꽃잎같이 나울대는데
약삭빠른 물새들
앞 다투어 섬을 버린다
얼룩 지울 눈물
애써 모으지 않아도 되리
등창 늙어 일어서기는커녕
바로 눕지도 못하니
이젠 누구의 그리움도 아닌
바다여
겨울 바다여.

날개를 달다

슬기로운 것들은
황혼의 비탈에서 저만의 날개를 단다

한 몸이던 노을조차 포기한
바다를 뒤따라
하늘은 수채화 같은 옷마저 벗는데
땅거미가 사위를 에워싸도
아랑곳없이 끈질기게
몸뚱이 구석구석 들러붙은 貪心.

스스로 죈 사슬
스스로 풀어야 할밖에

홀가분한 것들은
석양의 언덕에서 황홀한 날개를 단다

여러 겹의 壽衣 대신.

손

너를 위해 기도하겠다는 말은
그대가 내민
달빛 같은 손이다

축축한 슬픔까지 보송보송 말리는
성모님의 손처럼

너를 위해 기도한다는 그 말은
떠는 나목에게
봄볕같이 다스운 손이다.

아름다운 갈무리

생을 마감하고 떠나는 석양의 날개
가볍다 못해 경쾌하다

팍팍한 질곡에서 벗어나
그리던 성에 들어서면서도
활짝 날개 펴
오만이 빚은 회한의 편린까지
말끔히 쓸어낸다

황혼의 언덕마루에
엉거주춤 걸쳐놓은 허욕의 넝쿨

어찌 걷어내고
어찌 갈무리하면

저리 가벼운 바람으로 날아갈까
저리 뜨거운 그리움으로 남을까.

춤추는 폭포

폭포의 꿈은 곡선이다
하강하기 전부터
오로지 부드러운 곡선을 꿈꾸며
직선으로 내리 박혀
살은 물론 뼈까지 바스러뜨린다
어찌 아프지 않을까
내지르는 폭포의 절규
처절한 통곡도 아니고
애절한 비가도 아닌
환희의 함성이다
아래로 아래로만 내려다보고
묵은 응어리며
삭은 헛꿈마저 토해내는 폭포
마침내
그리던 수평으로 눕는다
꿈 다 벗은 폭포
낯선 울에 갇혀서도
하얗게 웃으며
나풀나풀 춤을 춘다.

雅歌

그대 아니면
아직도
벽 속의 낮달이었으리

그대 아니면
아직도
가슴 없는 바람이었으리

절망, 그 끝에서도
별이 보이는
구원의 창이여

그대 있음에
내일은
나목으로 눈뜨리

그대 있음에
내일은
촛불로 깨어나리.

바람개비

류선희 시선집

제5부

그리운 흔적으로

사람은 흔적을 남기는 거울이다
투명하거나 불투명하거나
모든 흔적은
타인의 눈에 더 뚜렷이 보인다
눈물겨운 흔적은 날아가고
같잖은 것들만
날개 휘젓고 다니니
길마다 어지러울 밖에,
내 앞의 거울을 통해
내 안에 둥지 튼
부끄러운 흔적부터
말끔히 지워야 하는데
어느 날 불현듯
거울이 깨지더라도
그리운 흔적으로 남으려면.

飛魚를 꿈꾸다

비어는 나의 오랜 꿈이다
바다에 살면서
바다 밖의 바다와
또 다른 세상을 보는 비어.
바다 속에서는 바다가 보이지 않듯이
스스로 쌓은 삶의 울타리 안에서는
다른 삶을 볼 수 없다
가벼운 몸으로 높이 비상하여
바다 속에서도 바다를 보는
날치를 갈망하며
솟아오르려
조금이라도 더 솟으려
시지프스처럼
끊임없이 머리 치켜들지만
닫힌 삶 속에서는
바다는커녕 샛강도 보이지 않는다
날치같이 파도를 뚫고
아집의 벽 다 허물어야
무거운 몸 일으킬 날개여
겨울 문턱 넘도록

날개 켜켜이 박힌
비늘 한 톨 털어내지 못하니
비어는 꿈속의 꿈이다.

돌파구

일이든
인간관계든
선과 선이 복잡하게 얽힌
그 속엔
소용돌이가 있다

지혜의 눈을 떠야
비로소
문이 보인다

뒤엉킨 소용돌이 속에서도
누구나
자유롭게 열 수 있는.

사유의 숲

어깨 많은 무성한 숲이
더 외롭다

밤하늘의 별이듯
때로는
반짝이고 싶다

바람아
그만 흔들어라

소리 없는 깊은 강이
더 슬프다.

길 속에도 강이 있다

흐르는 것은 강물만이 아니다
등 휘어진 그믐달
흐느적거리며 흐르고
이슥토록 뒤척이던 구름
목쉰 바람
바람의 그림자까지 흐른다
모난 돌에 걸리고 부딪혀
군데군데 피멍이 들어도
행여
저도 모르게 주저앉을까
잠시 머물거나
뒤돌아보지도 아니하고
길 속에서
강물이듯 흐른다

지혜로운 것들은
어느 한 곳에
결코 뿌리내리지 않는다.

빈들에 서서

빈들은 쉼표다
갈가리 해진 날개를 꿰매려
부단히 들락거리던 바람
슬그머니 날아가고
못다 태운 사랑 아쉬워
눈시울 붉히던 석양도 떠나고
가슴 촉촉이 적시던
별들의 속삭임마저 끊어진
빈 들녘은
푸근하다 못해
더없이 자유로운
끝마디의 온쉼표다.

향기는 낮은 곳에 머문다

본시 가슴 없는 바람
앞뒤 가리지 않고
닿는 대로 난도질하니
순식간에
풀들이 넘어가고
젖은 는개가 쓰러지고
흔들리던 촛불의 뿌리까지 뽑힌다
꼿꼿이 날 세운 칼
휘두르면 휘두르는 만큼
향기로운 것들이 멀어지고
등대 없는 사막으로 내몰린다는 것을
어찌 모르는가
거저 얻어지는 향기는 없다
향기는 낮은 곳에 머무느니
바람 속의 풀처럼
납작 엎드릴 일이다
늙은 나비 한 마리라도
곁에 붙잡아 두려면.

완벽한 자유

집 없는 바람
주소도 없다

채울 걱정 없고
비울 근심 없는
완벽한 자유

우리가
바람을 꿈꾸는 이유다.

안개

하얀 절망 앞에서는
너나없이 목마르다

무너지고 쓰러지다
결국 막다른 벽에 부딪혀
온몸 다 바스러져야
비로소
절망은 허물어진다

바닥에 엎드린 안개
녹녹한 그 등을 밟고
찬연하게 일어서는 무지개
못내 그리운
금목서 향기를 내뿜나니

무채색 절망은
생의 궁극적 목적인
행복의 밑거름이다.

틀을 바수며

스스로 짠 삶의 틀
늙지도 않는다

꿈꾼 만큼 가시 돋아
온몸 구석구석 찔러대고

바란 만큼 틈 조여
목주름 늘인다

쇠망치보다 무거운 기도로
바수고 바수면

새가 될 수 있을까
바람이 될 수 있을까.

귀향을 위하여

시시로 옥죄던 구속의 옷
서둘러 벗어야 하리
가파른 여울목에서도
노래하는 그 순간은 황홀했고
희미한 꽃불이라도
타는 동안만은 짜릿했으니
거스르려
꺼지지 않으려
더는 안간힘 쓰지 말고
외면하지 못한 이기적인 연민,
끝내 떨치지 못한 그리움까지
순결한 잿더미 혹은
안온한 모래톱에 파묻고
그저 묵묵히 떠나야 하리
강물처럼
촛불처럼.

난초

싱싱한 이파리
튼튼한 줄기에만
꽃 피는 것이 아니네

누르퉁퉁한 잎
깡마른 뼈대도
저만의 꽃을 피우네

오만한 편견보다
우둔한 것은 없네

사람이나
꽃이나

향기의 밑거름은
농익은 고통이네.

두레박

타인은 두레박이다
내 안에 깊숙이 웅크리고 있는
존재의 의미와
생의 궁극적 목적을 퍼내는
소중한 두레박이다
높낮이를 예측할 수 없는
인생의 행간을 밝히는 것은
오로지
타인을 통하여
내 안에서 건져낸
사랑과 행복의 불씨밖에 없다
어둠보다 짙은 절망
그 단단한 벽에 부딪혀
가야할 길 잃어도
두레박줄 꽉 움켜쥐고
끊임없이 퍼 올려야 한다
어둠 일으킬
꿈의 불씨를 위하여.

바람의 절규

슬프지 않다
전혀 슬프지 않다
내 몸에 향기 없어도
숨어 사는 풀꽃 향기까지
향기란 향기
모두 실어 나를 수 있는
날개가 있다는 것은 축복인 것을
질곡의 늪에서 허우적거리느라
지칠 대로 지쳐
고샅마다 널브러져 있는
목마른 그림자들
내가 나르는 풋풋한 향기
애타게 그리니
외롭지 않다
전혀 외롭지 않다.

까마귀와 悲歌

슬픔은 언제나
바람보다 먼저
날개 위에 걸터앉는다

밤낮없이
노랫가락 중 가장 애절한 비가로
날개 켜켜이 훑어
슬픔의 비늘을 뜯어내지만
통곡 같은 엘레지
이젠 그만 부르고 싶다

슬픈 가락 대신
날개 흔들며 춤출 수 있다면
가슴 없는 바람도 마다하지 않겠다

얼마나 더 절규하고
얼마나 더 엎드리면
風磬으로 살까

저리 가벼운 몸으로
사뭇 춤추는.

내 마음의 城砦

울적한 날에는
음악의 샘에 두레박 내려
칠렁칠렁 고여 있는 그리움을 긷는다

사랑이 날아간 빈 항아리에
달빛 가득 꽂아주던 '로망스 F장조'

바람도 떠난 가슴에
노을 듬뿍 채워주던 '트로이메라이'

막막할 때마다 종소리로
길 훤히 열어주던 '라 캄파넬라'

그리움은 아무리 늙어도
버팀목이 되고
바람막이가 되나니

오—
영원히 마르지 않을
내 마음의 성채여!

보물찾기

오랜 습관이다
어둠 질척거리는 늪이나
골 깊은 미로도 마다하지 않고
연방 돌부리에 차이면서도
보물찾기를 한다
때로는 회개하는 풀잎의
맑은 눈물을 긁어모으기도 하고
또 때로는 뒤돌아보는 노을의
담담한 눈빛도 건지지만
꿈속 같은 미로나 늪에서는
번번이
보물은 고사하고
통로마저 잃고 허우적댄다
왜 진작 몰랐는지
참 보물은
부대끼는 삶의 틀 속에서
지금까지 내가 짊어졌던
십자가라는 것을.

칼의 노래

지혜로운 종은
날카로운 관찰을 위하여
정확한 판단을 위하여
독수리처럼 제 몸을 간다
이기를 도려내려
욕망을 토막 내려
묵상의 벽속에서 부단히 칼을 간다
갈면 갈수록
완벽에 가까워지는 종의 칼
낯익거나 낯설거나
모든 얼굴 앞에서
당당하기보다 오히려 겸손하여
칼의 노래는
아름답다 못해 성스럽다
들어보라
무디어진 가슴마다 쓰러뜨려
참회의 눈물
펑펑 쏟게 하는
위내한 칼의 노래를.

존재만으로

온몸이 가슴인 바다와 산
젖어 우는 갈대까지 감싸는 달
좀체 노래를 멈추지 않는 숲
파도가 후려쳐도 꿈쩍 않는 모래톱 등등

이름이 있든 없든
형체가 있든 없든
존재하는 것은 하나같이
빛깔 다른 의미와 나름대로 格이 있다

눈에 보이지 않는 어떤 不在가
눈에 보이는 존재보다
더 강한 빛을 발할 수도 있지만

비록 미미한 존재라도
존재하는 것만으로도
귀한 선물이나
구원의 디딤돌이 될 수 있으니

존재가치를 비교하거나 비난하는

어쭙잖은 부언이나 조언 따윈
모름지기 삼가야 한다.

바람의 本領

가슴 없는 바람
작은 들꽃조차 담지 못한다
아무것도 품지 않으니
새보다 빠르게 날아다닐밖에,
발밑에서 혹은 길바닥에서
목마른 풀들이 아무리 울부짖어도
짐짓 외면하거나
고의로 회피하는 것이 아니니
바람의 등 뒤에서
잔인하다고 말하지 마라
가슴이 있어도
날개가 있어도
먼저 다가가지 않거나
다가오는 것마저
내치는 것도 숱하지 않은가
어느 한 곳에 머물 수 있다면
그럴 수만 있다면
절절하고 애틋한 사랑
결코 마다하지 않으리라
바람 아니면

누구도 말할 수 없다
바람의 본성에 대하여.

떠난 뒤에야

못할 짓이다
혈육이 벗어 놓은 흔적
그 흔적의 뿌리까지 뽑는 일

지난한 삶의 행간 켜켜이
먼지처럼 쌓이는 외로움
무시로 털어내고 닦아낸 도구가
산이 된 책과 음반,
탑이 된 의복이었음을
떠난 뒤에야 알다니……

정녕 못할 짓이다
아직도 푸르게 웃고 있는
너를 지우는 일.

존재의 가벼움을 위하여

구석구석 쌓은 오욕 위에 덧씌운
탐심의 보
모조리 걷어야 하리

더는 미루지 말고
늙은 습관의 뿌리까지
죄다 뽑아야 하리

높이 비상하는
새가 되고

흔적마저 지우는
양파가 되려면.

빛이 어둠에게

기다리는 끝은 반드시 있으니
참고 기다려야 해
답답해서 얼굴 내밀거나
낯선 그림자 따라
섣불리 뛰쳐나가지도 마
빛 한 줄기 건지려다 쓰러져도
낙심하거나 슬퍼하지 마
기도하고 또 기도하며
그저 잠자코 기다려야 해
기다리고 기다리다
도무지 감당할 수 없는
절망에 휘감길 때
비로소
빛의 숲에 이르는 길이 보이느니
결코 포기하지 말고 참아야 해
또 하나의 길이 열릴 때까지.

움직이는 고요함

호수 위
달처럼
유유히 떠 있는 백조

칡덩굴이듯
마구 뒤얽히는
물밑의 몸짓으로
어느 쪽으로도 치우침 없이
균형을 잡는다

으늑한 괴괴함이
수면을 가득 채우도록.

단풍처럼

한 生이 지는 순간
四圍의 또 다른 생까지 흔들린다

흔들린 만큼 벗겨진
화한의 비늘들
뜸 들이다 들이다
끝내
핏빛 섬으로 눕는다

흔들리지 않고 지는 생
어디 있으랴

아뜩아뜩해도
뒷모습 황홀한
그대처럼 지고 싶다.

제6부

종

나는 스스로 할 수 있는 것이
아무것도 없습니다
가을 산이 어찌 늙어 가는지
기도하던 숲이 왜 갑자기 침묵하는지
새는 어느 때 날개를 접는지
풀들은 어쩌자고 저리 흐느끼는지
눈앞에 어른거리는 것들
그저 멍하니 바라보기만 할 뿐.
뼈까지 녹이는 는개며
걸핏하면 뿌리 흔드는 바람 한 줄기
막을 수도
피할 수도 없습니다
가을이 등을 보이기 전에
길 속에서 길 찾는
눈먼 영혼의 눈이고 싶어도
어둠에서 허우적거리는 영혼에게
가슴 뜨거운 달빛이고 싶어도
정녕, 당신 아니면
나 스스로는
그 어떤 것도 할 수 없습니다.

그림자의 신비

그림자는 어떤 경우에도
제 몸을 세상의 중심에 놓고
사고하거나 판단하지 않는다

때로는 바람막이로
때로는 은신처로

언제나 사물의 가장자리에서
본체보다 뜨거운 향기로
겸손하게 제 몫을 다한다

굳었던 가지 뼈가 되고
얼었던 잎이 살 되는
오묘한 신비여

일어설 수 없는 바다나 대지에겐
요원한 꿈인 그림자여

겨울 비탈에서
기댈 그림자가 있다는 것은

더없는 축복이고
더없는 행복이다.

빗방울

눈 치켜뜨는 빗방울은 없다

송두리째 몸 던져
삽시간에 지상의 별이 되어
가장 낮은 곳에서 뒹구는
낙엽의 눈곱까지 떼어주는
빗방울이여

송송 돋은 별들이 켜는
빗방울 전주곡으로
얼마나 많은 것들이 목을 축이는지

빗방울처럼 몸 비워본 적
한 번도 없으면서
그대 어찌 별을 꿈꾸는가

부디
눈 그만 치켜뜨고
숙이고 또 숙여야 하리

문득문득 그리워지는

별을 위하여.

사유의 향기

바다의 일상에서 우선은
날개마다 곧추세워
밤새 덕지덕지 눌어붙은 얼룩
포말처럼
흔적 없이 스러지게 하는 것이다

흩날리는 진애마저 쓸어낸
더없이 순수한 몸으로
어느 향기에도 비길 수 없는
고뇌하는 사유의 향기
투명하게 분사되도록
오욕의 싹까지 자르는 바다

깊이 사유하는 바다는
날마다 새롭게 태어난다

포용하는 채롱으로
정화되는 성반으로.

틈

틈은 길이다
모든 빛이 꿈꾸는 오묘한 통로다
애써 까뒤집지 않아도
어린 새들의 눈에도 보인다
몸 어디에도 틈이 없는 石像
하찮은 미물도 다가가지 않는다
눈 밝은 으스름 달
열린 틈새 찾아 간신히 스며들어
이윽고
무채색 그림자를 낳는다
노을처럼 뜨겁진 않지만
윤슬처럼 반짝거리지도 않지만
틈이 빚은 분신
기꺼이 향기로운 곁을 내주느니
길이 되는 틈은
또 하나의 축복이다.

밧줄

어느 누구에게도 낯선 절망은 없다

절망으로 부르짖는 절규
멀리서도 고막을 뚫는다

어떤 조건이나
아무 대가 없이
절벽에 매달린 영혼에게
그대 스스로 내민 밧줄
마침내
갈구하던 꿈길을 여느니

한쪽 끝 붙잡고
주저 없이 건넨 밧줄
갓 눈 뜬 햇살보다
파도의 굳어진 혀를 녹이는 등대보다
더 무게 있는 위로의 끈이다.

강 그리고 바다처럼

닫힌 가슴은 감옥이다
창 없는 감옥에선
풀 한 포기조차 견딜 수 없다
스스로 아니면
그 누구도 열 수 없는 가슴.
그대 아직도 가슴 닫고 사는가
삶의 궁극적 목적은 행복이거늘
몰아치는 폭풍이 두려울지라도
강이나 바다처럼
가슴 활짝 열어
떨고 있는 나목이며
목쉰 풀꽃까지 끌어안아야 하리
그대가 꿈꾸는
행복의 얼굴을 마주하려면.

상처, 풀꽃을 낳다

무심코 혹은 함부로 던진 돌, 상처가 더 깊다 느닷없이 얻어맞은 풀들, 길섶에 널브러져 종일 바르르 떨고 있다 들리는가, 간헐적으로 숲을 흔드는 신음소리, 차마 등 돌리지 못해 상처마다 일으켜 어루만지니 몸 추스른 풀들, 저마다 얼굴 다른 풀꽃을 낳아 향기를 내뿜는다.

그 어떤 경우에도
외면하거나 핑계 대는 건
사랑이 아니다.

갯벌

썰물이 등을 보이면
이내
바다의 자궁이 드러난다

자궁벽을 헤집고 나온 목숨,
질긴 목숨들

싹으로 트거나
꿈으로 뜨거나

길속으로 기어가고
길 밖으로 날아가고

먹구름까지 게워낸 모래톱
드디어
눈부신 나신으로 눕는다.

휘청거리는 섬

절망의 벽 앞에서는
아무리 튼실한 섬도
제대로 몸 가누지 못하네

몸 밖에 있는 모든 것에
가까이 다가갈 수 없어 절망하고

몸 가까이 있는 것들이
스스럼없이 등 돌릴 때마다
절망하고 또 절망하지만

안팎이 없는 바다
휘청거리는 것마다 부둥켜안느라
식은땀 줄줄 흘리니

돌아눕고 싶어도
땀범벅이 된 저 뜨거운 가슴
도저히 외면할 수 없네.

시간을 채색하다

구절구절이 이어져
불후의 명작이 태어나듯
시간 시간이 쌓여
그대의 유일한 일생이 된다
생의 기본인 한 시간
나름대로
최선의 색깔로 칠할 수는 있어도
수정하거나 덧칠하지 못하니
어찌 허투루 대하겠는가
비록
눈부신 명화는 아닐지언정
내가 나에게 부끄럽지 않은
투명한 흔적을 위하여
순결한 백지로 펼쳐지는
시간 시간마다
혼신의 힘을 다해 채색한다.

바람개비

지금 나를 춤추게 하는 것은
바람이 아니다
겨울바람은 더더욱 아니다

들떠 살랑거리는 내 날갯짓에
마주보며 빙그레 웃는
하늘과 바다

오!
나를 이토록 신명나게 하는 것은
사뭇 간질이는 나뭇잎도 아니고
음표 가득 머금은 이슬 또한 아니고
이미 깊이 잠든 영혼
어렵사리 깨운
당신의 사랑이다

겨울 끝자락에서
다시 나를 춤추게 한 것은.

투명한 길

길 안팎에서
수시로 쓰레질하는 바람

숲의 청아한 노래
새들의 그리운 날갯짓까지
거대한 날개로 싹싹 지워버리고

뚜렷한 주제에 따라
끝없는 변주로
줄곧 갈고 닦으니
이윽고
텅 빈 길이 된다

참으로 투명하여
아무도 다가갈 수 없는.

삶의 고요

잔잔한 호수 같은 삶
누군들 꿈꾸지 않으랴
이내가 흐느적거리는 빈들에서도
야윈 달빛마저 떠난 벽 속에서도
도무지 눈감지 않는 바람.
갈망의 날개
바람 따라 퍼덕거리고
살천스런 바람에 휘어진 뼈들의 아우성
날이 갈수록 요란하니
삶의 고요는
정녕 요원한 꿈이다
하지만 전혀 두렵지 않다
이젠 하루하루가 덤이고
머지않아
몸 달군 석양으로
영원히 흔들리지 않을 고요 속에
서서히, 서서히 잠기리니.

폭포처럼

잘 산다는 것은
절벽, 그 위에서
폭포처럼
절규하고 절규하며
꿈을 지키는 일이다

참으로 잘 산다는 것은
절벽, 그 밑에서
폭포처럼
비우고 비우며
꿈까지 버리는 일이다.

편견에 관하여

편견은 깊이를 모르는 늪이다

미루나무는
멀찌가니 물러서야
그림자의 깊이를 알 수 있고

사람은
가까이 다가가야만
속살이 보인다

미루나무든
사람이든

존재의 신비나 실체는
시각 차이에 따라
전혀 다른 모습이 되니
분명한 꼬투리 없이
섣불리 침 뱉는 짓은
헤어나지 못할 깊은 수렁에
스스로 빠지는 일이다

편견의 늪에는 디딤돌이 없다.

가교

흔적이 눈감지 못하는 골목
어제와 오늘을 이어주는 가교다

담벼락 끝에 조랑조랑 매달리던 빗방울
눈시울 붉히며 머뭇거리던 노을
고샅길 군데군데 풀꽃을 낳던 달빛
불 꺼진 창틀마다 둥지 틀던 별들

문드러진 가슴 열어젖뜨리고
꺼이꺼이 울어대다
끝내 목 잠긴 는개
이미 오래 전에 날아갔는데
낯선 길속에서
아직도 서성거리는 은발의 달이여

잠시 머물다 떠나간 사랑도
눈물겹지 않은 사랑은 없느니

그리움이 숨 쉬고 있는 골목
시공을 초월하는 가교다.

어둠을 긷다

어둠은 未知의 샘이다

두레박줄 내려
어둠을 길어 올리면

두레박 가득
눈뜬 思惟가 출렁거린다

어둠이 분만한 사유
마침내
앙증맞은 별꽃으로 핀다.

바람의 그림자

바람의 그림자는
빠른 음표처럼 항상 숨가쁘다
아무리 힘에 부쳐도
어쩔 수 없이
뒤돌아볼 줄 모르는 바람 따라
삶의 마디를 넘어야 하고
가파른 층계에서는
바람을 뒤쫓느라
허겁지겁 오르내려야 하니
그어진 행간 속에서
바람의 그림자는 그지없이 고달프다
어디 바람의 그림자만 그러랴
홀로 서지 못하는 그림자들
고개 쳐드는 꿈마다
엎드린 안개 속에 가두느라
못내 고단하고 힘겨워도
본체의 확고한 任意
그대로 따를 수밖에 없다

묘약

풍경의 갈증을 풀어주는
바람의 날개

피폐한 영혼을 치유하는
쇼팽의 피아노 협주곡 E minor

빛의 언어로 징검다리를 놓는
사제의 강론.

가로등

모든 가로등은 하루살이다
어둠별이 뜨자마자 다시 태어나,
초췌한 몰골로 떨고 있는 풀들
잠시라도 누이려
뼈마디마다 녹여
시린 어둠 죄다 걷어내고
뜨거운 꿈길을 연다
보름달처럼 넘치거나
안개같이 잔인한 것들이
길 위에 길 내는 것은
누구나 할 수 있는 일이라고
등 뒤에서 빈정댈지언정
이슥토록 잠 못 드는 나목이나
길 속에서도 길을 찾는 눈먼 새를 위해
남은 불씨까지 마저 지피다
끝내
빈 몸으로 하루를 접지만
수직으로 살다 죽는 가로등은
매일매일
눈물겹게 부활한다.

그대 등 뒤에서

내가 그대와 눈 맞추지 않는 것은
그대의 서러운 등
보고 싶지 않아서다

내가 그대를 못 본 척하는 것은
나의 외로운 등
보이고 싶지 않아서다

못 본 척했는데
눈 맞추지도 않았는데
어쩌자고
떠나는 꽃잎마다
빗방울처럼 톡톡 건드리는지

툭하면 찌르는 절망에
반달처럼 굽은 내 등을.

황혼의 기도

차고 넘치는 항아리
그믐달처럼
비우게 하소서

못다 고백한 죄
폭포처럼
토하게 하소서

뒷모습 아름다운
단풍잎처럼
뒤돌아보게 하소서

그리하여

꿈꾸던 성문
민들레 씨앗처럼
쉬이 들게 하소서.

금정산 찬가

그리움이 숲을 이뤄 하늘 가리면
바다보다 넉넉한 그대 품에 안긴다
얼룩진 내 영혼 풀빛으로 물들이고
오만한 바람마저 뜨겁게 끌어안는
아! 금정산 어머니 같은 산이여

그리움이 단풍들어 창을 태우면
햇살보다 따사로운 그대 품에 안긴다
주름진 내 가슴 무지개로 채워주고
잃었던 유년의 꿈 고스란히 보듬고 있는
내 사랑 금정산, 고향 같은 산이여

* 위 시는 한인석 작곡으로 [부산연가합창곡]집에 수록됨.

천주교 부산교구의 노래

주님 영광 찬양하는 영롱한 빛이고자
송두리째 온몸 비워 은총의 촛불 되네
아늑하고 은혜로운 주님의 품속에서
마음마다 나눔의 싹 푸르게 움트도록
바람에 흔들려도 땅 끝까지 비추어라
아– 부산교구 사랑의 불빛이여!

주님 약속 증거 하는 거룩한 성이고자
남김없이 온몸 비워 구원의 종이되네
포근하고 향기로운 성모님의 품속에서
기도마다 복음의 씨 알알이 영글도록
파도에 휩쓸려도 하늘 끝까지 울리어라
아– 부산교구 희망의 종소리여!

* 위 시는 윤용선 신부 작곡으로 [천주교 부산교구가]로 불림.

| 해설 |

사물 인식을 통한 영성의 시학

– 류선희 시인의 작품 세계

양왕용(시인, 문학평론가)

(1)

부산이 고향인 류선희 시인은 명문 부산여중과 부산여고를 거쳐 이화여자대학교 음악대학 기악과(피아노 전공)를 졸업한 피아니스트다. 그는 그 동안 부산의 여러 대학에 출강하였다. 그러던 그가 40대 초반인 1990년 시집을 한 권 엮은 후, 1992년에는 시인으로 데뷔하였고 그 동안 11권의 시집을 엮었다. 필자는 2016년 서울에서 발간되는 모문예지 〈나의 추천작〉이라는 코너에 류 시인의 작품을 소개하면서 그의 피아니스트로서의 측면과 가톨릭세계관의 이중성을 간략하게 언급하였다. 그러나 이번의 그의 선집 작품을 일별하면서 음악성보다는 가톨릭세계관 즉 영성이 훨씬 큰 비중을 차지하고 있다는 사실을 알게 되었다. 물론 그의 음악성과 영성 두 측면의 역량을 증명한 일로는 1997년 〈천주교 부산교구의 노래〉를 작사하여 윤용선 신부의 작곡으로 불리어지고 있다는 점이다. 영성의 측면이 강하다는 것은 달리 표현하면 그가 가지고 있는 가톨릭세계관이 자기 자신의 복잡한 심리나 현실의 여러 문제를 해결하고 위안을 얻기 위한 신앙이 아니라 기독교에서 말하는 주님의 영광을 위해 자신을 드러내지 않으면서 어떤 경우에는 자신을 희생하기도 하는 올바른 신앙이라고 볼 수 있다. 천주교와 개신교에서는 자신을 위한 위안으로서의 신앙을 그냥 종교라 하고 헌신적인 신앙을 신앙이라고 구분하여 부르기도 한다. 그런데 이러한 신앙은 갑자기 형성되는 것은 아니다. 우선 주님을 만나기를 소망하는 단계와 자기 자신의 세속적 욕망을 참회 하는 단계를 거쳐 주님을 영접하게 된다. 그 다음으로 받은 은혜를 고백하고 마지막으로 삶의 현장에서 남에게 나누어 주는 실천 단계로 나눌 수 있다.

필자는 류 시인의 작품 속에서 이러한 단계를 시적으로 형상화한 과정을 발견하였다. 이제 6부로 엮어진 시선집에서 각 부의 대표적인 작품을 골라 그 양상을 살펴보기로 한다. 대체적으로 1부부터 6부까지 그의 시집 발간 순서로 편집된 것 같다. 따라서 이 글은 그의 30년 동안의 시적 궤적을 엿볼 수 있게 될 것이다.

(2)

우선 주님을 만나기를 소망하는 단계의 시를 한 편 인용해 보기로 한다.

무겁게 드리운 허욕의 안개
모조리 걷어야 눈이 뜨이지

막무가내 비집고 들어
언 몸 녹여주는 빛살,
바라보지 않아도
그리운 향기 뿜는 꽃들,
방울방울 시나브로 떨어져
마른 가슴 적시는 달빛

깊숙이 숨긴 탐욕의 싹
깡그리 잘라버려야
쳐진 눈꺼풀 열려
비로소 보이지

햇살과 꽃 그리고 달빛은 물론
그토록 꿈꾸던
하늘의 투명한 길까지.

–「커튼」 전문

위의 작품「커튼」은 제1부에 편집된 작품이다. 이 시의 제재는 제목이기도 한 '커튼'이다. 류 시인은 커튼의 드리워진 모양이나 형태를 묘사하지 않고, 첫째 연에서 커튼을 열어젖힌다는 시적 상황을 설정하면서 시를 시작한다. 그런데 커튼을 연다는 행위에다 도입부부터 의미 즉, 관념을 부여한다. 커튼을 여는 행위를 시적화자의 '허욕의 안개'를 걷어내는 것이고 이러한 허욕을 버림으로 인하여 눈이 뜨인다고 보고 있다. 말하자면 류 시인이 소망하는 눈 뜨임은 헛된 욕심을 버린 맑고 순수한 마음의 눈이다. 이 눈은 주님을 만나기를 소망하는 눈이라고 볼 수 있는데 그러한 소망을 결코 직접적으로 드러내지 않으면서 둘째 연에서 사물화 하고 있다. 즉, 언 몸을 녹여주는 '빛살,' 제 스스로 향기를 뿜는 '꽃', 그리고 밤이 되면 마른 가슴을 적셔 주는 '달빛'들이 그러한 소망을 상징하고 있다. 셋째 연과 넷째 연에서는 탐욕의 싹들을 깡그리 잘라버려야 지친 눈꺼풀이 사물을 분명하게 인식할 수 있다는 점을 형상화 하고 있다.

이 작품의 마지막 행인 넷째 연 끝 행에서 비로소 '하늘의 투명한 길'까지 보인다고 하여 류 시인의 주님을 만나기를 소망하는 심정이 암시되고 있다. 이렇게 그는 신앙의 첫 단계를 이상과 같이 형상화 하여 보여주고 있다.

다음으로는 참회하고 회개하는 단계의 시를 한 편 인용해 보기로 한다. 물론 앞 작품 「커튼」에서도 '허욕'이나 '탐욕'을 버려야 한다는 점은 전제로 하고 있으나 다음의 작품은 류 시인 자신이 직접 화자가 되어 참회를 구체적으로 하고 있다.

너를 보면
너의 몸 깊숙이
나를 넣고 싶다
껍질만 아닌 알맹이까지
송두리째 밀어 넣고 싶다
소금처럼 완전하게 하나 되어
펄펄 날뛰는 氣
한순간에 꺾고
자만으로 굳어진 살과 뼈 속에
박혔거나 박히려는 욕망의 가시
모조리 뽑아내고 싶다
또한
어설픈 고백성사로 산을 이룬 거품

말끔히 뜯어내고 싶다
그리하여
단 한 번만이라도
갓 태어난 아기로
눈부시게 널리고 싶다.

-「세탁기」 전문

위의 작품 「세탁기」는 제2부에 편집된 작품이다. 시적화자 '나'는 '세탁기'라는 사물을 통하여 자신의 겉과 속 전체를 세탁하고 싶다는 진술로 죄를 고백하고 있다. 세탁기는 주부들에게 익숙한 사물이다. 그런 점에서 이 작품 속의 '나'는 류 시인 자신이라고 볼 수 있으며 세탁기의 속성을 통하여 참회의 자세를 객관화 하면서도 단순한 고백보다 훨씬 강렬하게 형상화 하고 있다. 그가 청산하고 싶은 것은 '펄펄 날뛰는 기'와 '자만으로 굳어진 욕망'들이며 형식적인 '고백성사'에 대하여도 참회하고 있다. 이렇게 신앙의 단계라는 관념적인 의미를 직접 진술하지 않고 세탁과 관련된 행위와 사물들로 형상화하는 데서 류 시인의 시적 역량을 충분히 알 수 있다. 결국 그가 소망하는 것은 '갓 태어난 아기'라는 지고지순한 모습으로 돌아가는 것이다.

결국 류 시인의 회개는 예수님이 마태복음에서 '진실로 너희에게 이르노니 너희가 돌이켜 어린 아이들과 같이 되지 아니하면 결단코 천국에 들어가지 못하니라' 하신 말씀의 경지에 다다르게 된다. 이렇게 회개하고 난 뒤에 류 시인은 주님을 구체적으로 만나기를 소망한다. 그 소망의 양상이 드러난 시를 인용해 보기로 한다.

지상에 이미 뿌리내린 것들
하나같이 비상을 꿈꾼다

이끄는 대로 흐르는 것 같아도
강 또한
황홀한 노을에 흔들리고
달빛에 휘청거릴 때마다
希願의 날개를 꿈꾼다

너덜거리는 상처
그 그림자까지 보듬는 순간
어느 몸짓보다 아름답고
어떤 사랑보다 눈물겨운데
그대 무엇을 더 꿈꾸는가

날개 없으면
결코 추락하지 않느니
누구도 아닌 그대를 위해
더 깊이깊이 뿌리내릴 일이다.

저 늪 속의 연꽃처럼.

–「뿌리내리기」 전문

위의 「뿌리내리기」(제3부 편집)는 류 시인이 주님을 만나게 되는 과정 즉 영접하는 단계를 형상화한 작품이라고 볼 수 있다. 「뿌리내리기」의 경우 연꽃이 늪 속에 뿌리 내리고 있음에서 착안한 작품이다. 그는 지상의 모든 것들은 뿌리를 내리고 있는데도 불구하고 비상을 꿈꾼다고 사유하면서 시를 시작한다. 둘째 연에서는 강도 그냥 무심히 흐르는 것 같아도 노을과 달빛에 감동되어 희원의 날개를 펼친다고 인식한다. 셋째 연에서는 '그대'라는 가상의 시적 청자를 내세워 삶의 현장에서 받은 상처까지도 보듬는 순간 모든 것이 사랑으로 승화될 수 있다는 점을 강조한다. 넷째 연 역시 '그대' 자신을 위해 뿌리 내릴 것을 강요한다. 이렇게 이 시는 처음부터 넷째 연까지는 다소 관념적이고 도덕적인 진술을 한다. 그러나 마지막 다섯째 연이자 한 행인 '저 늪 속의 연꽃처럼.' 이라는 연꽃에다 지금까지의 사유 전체를 비유함으로써 깊은 상상력을 발휘하도록 한다. 사실 연꽃은 지극히 부패한 늪에 뿌리를 내리고 있는데도 불구하고 아름다운 꽃을 피워 하늘을 바라보는 것이 특징이다. 그런데 이 시에서 시적 청자 '그대'는 다른 사람이 아닌 바로 류 시인 자신이라고 보아야 이 시의 내포가 드러난다.

류 시인에게 주님을 만나기를 소망하여 영접하는 과정은 그가 세파에 시달린 상처를 극복하는데서 출발한 것이다. 그는 늪 속에 뿌리 내린 연꽃처럼 여러 가지 고통과 좌절 속에서도 주님을 만나게 되는 것이다. 사실 이 시는 단순하게 읽으면 그냥 교훈적인 시이다. 그러나 류 시인이 자기 자신을 객관화한 시적 청자 '그대'에게 독백하는 시적상황을 설정하여 읽으면 주님을 향한 진지하고도 간절한 소망 끝에 만남이 이루어진 것이라는 점을 알 수 있다.

이러한 인고의 과정을 거쳐 만난 주님을 류 시인은 어떻게 형상화하고 있으며 어떻게 간구하고 있는가 하는 점을 살필 수 있는 시 두 편을 인용하여 보기로 한다.

(가) 기도는 영혼의 밥이다
기도의 맛은
어떤 언어로도 그릴 수 없지만
그 참맛을 아는 이는
시시때때로
먹거나 먹이면서 영혼을 살찌운다
세상에서 가장 아름다운 것은
언제 어디서나
가여운 영혼들에게
습관처럼
기도를 먹이는 손이다
그대 손에
아직 온기 남아 있을 때
영혼의 밥
조금이라도 더 먹이고 먹을 일이다
마지막 꿈인 구원을 위하여.

–「영혼의 밥」 전문

(나) 그대 아니면
아직도
벽 속의 낮달이었으리

그대 아니면
아직도
가슴 없는 바람이었으리

절망, 그 끝에서도

별이 보이는
구원의 창이여

그대 있음에
내일은
나목으로 눈뜨리

그대 있음에
내일은
촛불로 깨어나리.

－「雅歌」 전문

(가)「영혼의 밥」과 (나)「雅歌」는 모두 제4부에 편집되어 있다. (가)「영혼의 밥」은 주님을 만나는 첫 행위인 '기도'에 대한 시인 자신의 시적 진술이다. 기도는 기독교에서는 천주교와 개신교 모두다 신자들이 하느님과 1:1로 대화하는 방법이고 그러한 형식으로 되어 있다. 그러나 신자들은 하느님과 직접 대화를 할 수 없다. 왜냐하면 구약성경 창세기 3장에서 아담이 지은 선악과 따먹은 원죄 때문에 반드시 기도 말미에 '예수의 이름으로' 기도한다는 단서를 단다. 그러나 하느님 혹은 주님과 대화함으로써 영혼을 살찌우고 구원의 확신에 이르게 된다. 기도를 하는 궁극적 이유인 신자들의 천국에서의 영생 즉 구원을 얻기 위함이라는 고백은 이 시의 마지막 행 '마지막 꿈인 구원을 위하여'라고 진술되어 있다. 이 시는 대단히 본질적이고 상식적인 진술로 일관하고 있다. 그러나 기도를 '영혼의 밥' 이라는 비유를 통하여 먹여주는 행위를 등장시켜 구체화함으로써 그 상투성을

벗어나고 있다.

(나)「雅歌」는 알려지다시피 구약성경의 제목이기도 하다. 모두 8장으로 구성된 〈아가〉는 저자가 솔로몬 왕이라고 알려져 있으며 신부 '슬람미 여인'에게 바치는 사랑의 송가이다. 이 작품에서 류 시인은 마치 솔로몬 왕이 슬람미 여인을 부르듯이 주님을 '그대'라고 부르면서 시를 시작하고 있기 때문에 시적 청자를 파악하기가 쉽다. 그러나 류 시인의 주님에 대한 열망은 열정적이라기보다 차분한 어조로 사물화 되어 있다. 첫째 연과 둘째 연에서 '그대'가 없었으면 시적 화자 즉 류 시인은 쓸모없는 '벽 속의 낮달'이고 공허한 '가슴 없는 바람'이었을 것이라고 자신을 비유하고 있다. 셋째 연에는 그대 즉 주님의 정체를 '절망 끝에서 보이는 구원의 창'이라고 다소 관념을 드러내고 있다. 지금까지는 그대 즉 주님의 부재를 형상화 했다면 넷째, 다섯째 연에서는 그대 있음 즉 존재하는 내일의 류 시인 자신을 '나목'과 '촛불'로 비유하고 있다. '나목'의 경우 가식 없는 자신의 모습이라는 의미로 읽으면 자신의 순수한 신앙을 상징하는 사물이며 '촛불'은 자기 자신을 희생하는 헌신의 신앙이라고 볼 수 있다. 이렇게 간단한 시에서 기독교인의 주님에 대한 사랑과 이웃에 대한 사랑 두 측면을 상징적으로 표현하는 것은 류 시인의 신앙의 깊이와 시적 역량이 조화를 이룬 것이라 볼 수 있을 것이다.

다음으로는 신앙의 마지막 단계라고 할 수 있는 신앙을 실천하는 자세를 형상화한 두 편의 작품에 대하여 살펴보기로 한다.

(가) 그림자는 어떤 경우에도
　　제 몸을 세상의 중심에 놓고

사고하거나 판단하지 않는다

때로는 바람막이로
때로는 은신처로

언제나 사물의 가장자리에서
본체보다 뜨거운 향기로
겸손하게 제 몫을 다한다

굳었던 가지 뼈가 되고
얼었던 잎이 살 되는
오묘한 신비여

일어설 수 없는 바다나 대지에겐
요원한 꿈인 그림자여

겨울 비탈에서
기댈 그림자기 있다는 것은
더 없는 축복이고
더 없는 행복이다.

–「그림자의 신비」 전문

(나) 모든 가로등은 하루살이이다
어둠별이 뜨자마자 다시 태어나,
초췌한 몰골로 떨고 있는 풀들
잠시라도 누이려
뼈마다마다 녹여

시린 어둠 죄다 걷어내고
뜨거운 꿈길을 연다
보름달처럼 넘치거나
안개같이 잔인한 것들이
길 위에 길 내는 것은
누구나 할 수 있는 일이라고
등 뒤에서 빈정댈지언정
이슥토록 잠 못 드는 나목이나
길속에서도 길을 찾는 눈먼 새를 위해
남은 불씨까지 마저 지피다
끝내
빈 몸으로 하루를 접지만
수직으로 살다 죽는 가로등은
매일매일
눈물겹게 부활한다.

–「가로등」 전문

기독교에서 신앙을 실천하는 양태는 십자가에서 상징되는 수직적 사랑, 즉 하느님 경배하는 것과 수평적 사랑 즉 이웃 사랑의 두 측면을 생각할 수 있다. 신자들은 주님 사랑이라면서 자기 자신을 내세우기도 하고 이웃 사랑을 실천한다면서 자기 자신의 위안을 삼기도 한다. 이러한 위선적 신앙을 예수님은 신약 마태복음 곳곳에서 서기관과 바리새인의 위선적인 믿음이라고 경고하고 있다. 위선적이 아닌 신앙은 자기 자신을 내세우지 않고 빛 속이 아닌 음지에서 이름도 없이 드러나지 않는 모습으로 주님을 섬기는 신앙이다. 이러한 신앙에서 우러나는 신자들의 인격을 겸손이라 할 수 있다. 신약성경 누가복음에서는 예수님이 제자들의 발을 씻어 주시는 사건에서 예수님이 직접 겸손을 실천하고 있다.

(가)「그림자의 신비」(제5부에 편집)는 빛과 사물의 실체가 아닌 '그림자'가 시적 제재가 되어 있다. 류 시인이 첫째 연에서 인식하고 있는 것처럼 '그림자'는 사물의 중심이 아니고 변두리이다. 그러나 바람막이도 되고 몸을 숨기는 은신처도 되는 것이 그림자이다. 이러한 실체도 없고 주목도 못 받는 사물을 시적 제재로 하여 상상력을 전개하는 것이 바로 이름을 드러내지 않는 류 시인의 신앙고백인 것이다. 류 시인은 이 작품의 후반부인 넷째 연과 다섯째 연에서 이러한 그림자에게 찬사를 보내고 있다. 그리고 마지막 여섯째 연에서는 그림자가 있다는 것 자체가 더없는 축복이고 행복이라고 진술하고 있다. 물론 그 자신이 주님을 빛도 없이 섬기고 사랑하는 그림자가 되고 싶다는 소망은 직접 드러내지 않는다.

그러나 소망이나 의도를 직접 드러내지 않는 것은 비단 이 작품에만 있는 진술 방식이 아니다. 앞에서 인용한 류 시인의 작품들에서도 빈번하게 발견되는 그의 시적 진술 방식이다. 이러한 방식으로 인하여 독자나 비평가는 류 시인의 시에다 자신들의 견해를 더하게 되는 것이다. 겸손히 자신의 의도를 숨기는 것 역시 신자로서의 진지한 신앙에서 나온 태도이다.

(나)「가로등」(제6부에 편집)은 필자가 앞에서 잠시 언급한 대로 이미 살펴본 적(《문학의 강》 2016년 가을호)이 있는 작품이다. 이 작품은 '가로등'이 제재가 된 작품이다. 가로등의 일반적인 인식은 밤에 사람들이나 차를 안전하게 보내기 위한 시설물이다. 따라서 바다의 등대와도 같은 희망적인 시설물이다. 그러나 류 시인은 가로등을 하루만 살고 죽는 '하루살이'에 비유하고 있다. 가

로등을 그렇게 보잘 것 없는 사물로 인식하는 것 자체는 충격적이라고 볼 수도 있다. 그러나 이 시를 계속 읽어 내려가면 비유에 대하여 납득도 되고 참신성도 발견한다. 가로등이 밤에만 켜지는 것을 하루살이처럼 매일 죽고 매일 부활한다는 부활신앙에 근거한 상상력을 전개한 것이라고 깨닫게 된다. 이러한 상상력뿐만 아니라 어둠 속에 떨고 있는 '초췌한 몰골의 풀'들이나 '잠 못 드는 나목'들에게 무한한 사랑을 보내는 것도 가로등임을 깨닫게 한다. 즉 고통 받는 자들이나 소외된 자들을 위해 매일 매일 죽도록 불을 밝히는 '가로등' 같이 이웃을 위하여 희생하고 헌신하는 신앙을 상징한 것이 바로 이 작품이다. 달리 말하면 류 시인 자신의 이웃을 위하여 사심 없이 헌신하고 봉사하는 사랑의 실천이 무의식적으로 나타난 것이 바로 이 작품인 것이다.

(3)

지금까지 류 시인이 가톨릭세계관을 기반으로 30년 동안 시작행위를 하였다는 점을 그의 대표작을 통하여 살펴보았다. 즉, 주님을 만나기를 소망하면서 자신의 육신적 삶을 참회하고 주님을 고난 끝에 영접하게 되는 과정이 시 속에 나타나고 있다. 그리고 다음 단계인 주님을 영접함에 감사하는 모습과 그러한 주님을 빛도 없이 겸손히 섬기겠다는 신앙 역시 시 속에 나타나 있다. 아울러 소외되고 아픔이 있는 이웃들을 사랑하며 그들을 위하여 헌신하겠다는 점도 시로 형상화 되어 있다. 그런데 이러한 신앙의 단계가 한결같이 류 시인의 직접적인 진술보다 사물에 대한 인식에서 상징적으로 암시되고 있다. 이렇게 사물을 통하여 그의 신앙을 형상화하고 있기 때문에 신앙인이면서 동시에 충분히 성과를 거둔 시인인 것이다.

부디 앞으로 건강한 육체와 정신으로 오래오래 시작활동을 하여 더욱더 심오하고 서정적인 가톨릭 신앙이 바탕이 된 작품들을 보여주기를 소망하는 바이다.